Elena Jedaite

Dir zuliebe

Gedichte & Balladen

Impressum

© 2024 Elena Jedaite
Umschlag, Illustration: Unbekannt
Abstrakte litauische Malerei

Verlag: tredition GmbH, Hamburg

ISBN
Softcover   978-3-384-31705-6
Hardcover   978-3-384-31706-3
E-Book   978-3-384-31707-0

Printed in Germany

Inhaltsverzeichnis

Kabarett

Stimmungsfächer - Frühsommer 2024

Überfordert

Erledigt, getan, vollendet!
Bestaun deinen dreifachen Haken,
von der dreifachen Leistung geblendet!

Jetzt ist Schluss! Jetzt wünsch ich mir Ruhe!
Ein Bierchen, ein Filmchen, ein Spielchen …
Kommt mir nicht mit heißem Debakel!
Nein, auch nicht für ein Weilchen!
Bei meinem Kraftpotenzial wird es heikel!
Singt mir stattdessen ein Gute-Nacht-Liedchen
und wünscht mir dabei gesegnete nächtliche Ruhe.
Und ich putz mir dabei
noch für morgen die Schuhe.

Ratlos

Wenn der Himmel tief hängt,
fürchten wir ein Gewitter!
Angenommen, er hängt jahrelang schlapp unten?
Wir hängen mit Leib und Seele am Tropf
und kommen nicht runter?
Du verpfändest den letzten Topf?
Weit und breit – kein Weißer Ritter?

Was nun? Wir sind allesamt sterblich.
Gibt's einen darunter, der über Wasser wandelt?
Versteckt jemand im Bunker ein Orakel
oder ist in der Sternbefragungskunde bewandert?
Was nun? - Was nun, kleine Frau, kleiner Mann?
Die Zukunft rückt näher, streckt ihre Tentakeln
nach deinem Hab und Gut.
Du stehst mit dem Rücken zur Wand,
übermannt, weggeschwemmt von der Flut ...

Dein Schiff sticht ins Meer unbemannt.
Jemand kapert dein Leben,
zerfetzt deine Segel.
Wenn du aufbegehrst, will's keiner sein.
Du stehst am Ufer, nach Eingebung rufend.
Wenn jemand zurückruft,
fällst du darauf rein.

Lass mal sehen! Zusammengefasst: Niemand weiß,
was zu tun ist?

Du standest am Ufer, zum Himmel rufend:
„Schick mir jemanden, der über Wasser wandelt!"
Klopf, klopf auf den brennenden Busch:
„Wie lassen sich Unmut in Mut,
Fragezeichen in Lösung verwandeln?
Bevor uns Durchgeknallte erschießen,
müssen wir's wissen!
Wir sehnen uns lebend oder post mortem
nach einer Erlösung!"
Dann kam übers Meer eine Stimme –
eine Antwort auf deine Bitte ...
Aus welcher Richtung? - Von links, von rechts
oder direkt aus der Mitte?

Aha, aus der Mitte?! Die Bibel!!
„Du sollst nicht mit Götzen anbandeln!"
An die Wand gedrückt,
kippst du zum Glück nicht nach hinten.
Stell dir vor, du stehst auf der Klippe,
auf wackligem Stein ganz am Rande.
Und von unten rufen dir Klugscheißer zu:
„Nicht weiterkämpfen! Nicht sterben!
Verhandeln!"

Man schiebt die Schuld hin und her,
man schiebt sie einander zu.

Man bezichtigt einander, zu langsam, zu hastig,
sonst wie falsch gehandelt zu haben.

Man besteht auf Reue, Kniefall,
Geständnis, Bekenntnis:
„Wo bleibt euer Mea Culpa?? Klopft auf die Brust!
Ach, nein? Ihr habt darauf keine Lust??!
Was ihr sagt oder tut, ist doch glatte Schande!"

Der Unmut wächst und wuchert,
plötzlich sind alle weg - abgewandert!
Wo sind sie geblieben? - Sind sie am linken
oder am rechten Rande?

Aus Verzweiflung macht man
aus Kreisen Quadrate.
Letztendlich zieht man die Bibel zu Rate
und wiederholt wie ein Mantra:
„Nicht mit Götzen anbandeln!"
„Wir sind Demokraten!
Wir ruhen in unserer Mitte!
Worauf wir achten, ist unsere Würde
und unser Gewissen!"

Keiner weiß so recht, was zu tun ist.
Doch was **nicht** zu tun ist,
glaubt man zumindest zu wissen.

Zornig

Grüß Gott, Frau Soundso! Servus, Herr Soundso!
Wir trafen uns irgendwann, irgendwo …
Kennen wir uns von irgendwoher? -
Vom Strand Malibu? Von einem Empfang?
Vom sonnigen Strand am Mittelmeer?
Spaß bei Seite, ich kenne euch beide!
Du, Herr Soundso, hast mich heuer
um fünfhundert Euro geprellt!
Deinetwegen, du alte Karaffe, Frau Soundso,
hat mein Junge die Schule geschmissen
und verdient ein paar Kröten
bei städtischer Wache.

Du hast ihm bescheinigt,
er würde in Mathe nichts raffen!
Meines Erachtens war er in Mathe
hervorragend, klasse!
Ich bin sonst nicht nachtragend, aber …
Missetaten wie diese sind, milde gesagt,
kaum zu ertragen!

Also, Frau Soundso, du alte Karaffe!
Rache ist süß und eine feine Sache!
Was meinst du, was soll ich
mit dir, Missetäterin, machen?
Wer zu sorgfältig bügelt, hängt die Latte zu hoch
und wird mal in einem einsamen Hof
an die Wand geknallt und verprügelt!

Du bist schuld daran, dass mein prächtiger Junge,
statt weiterzukommen, die Schule schmiss!
Ich sehe, du zitterst! Hast du etwa Schiss?

Was soll's. Mir geht's hauptsächlich darum,
dass du, Frau Soundso, nicht vergisst:
Die Kids, die du heut' schonungslos drangsalierst,
sorgen morgen dafür, dass du, Omi am Stock,
die Tragweite deiner Verfehlung
in voller Härte kapierst und realisierst!

Wenn euch der Nachwuchs,
Frau Soundso und Herr Soundso,
gegen Erwarten rehabilitiert,
treffen wir uns womöglich, mal sehen, wozu -
bei einem Empfang, am Strand in Miami
oder meinetwegen in Malibu!

Eingeschüchtert

Keine Wahlen in Sicht,
demzufolge – auch keine
diesbezüglich im Lande geplante,
mit allen Größen im Bunde bemannte -
die so munter genannte
Elefantenrunde.

Ein Elefant steht für Wohlstand, Glück und Stärke!
Für langes Leben!
Und er räumt jedes Hindernis weg!
Und wir? - Wir nehmen, was man uns auftischt,
auch wenn es manchmal gar nicht schmeckt.
Der Elefant hat einen Rüssel
und kann laut trompeten!
Und wir? - Wir tun das Übliche:
bangen, hoffen und beten.
Also bleibt die Aufräumarbeit
an euch, Elefanten, hängen!
Und wir? - Wir werden entscheiden,
was wir uns wünschen und was wir bemängeln.
Also lasst es uns nicht mehr vertagen,
denn wir haben euch etwas zu sagen!

„Hoch mit dem Rüssel, den Himmel küssen!
Wir werden inzwischen nicht nur abgeschossen,
wir werden am helllichten Tag
nach lautem Lob an Gott
auf der Straße niedergestochen!

Frei geschnäuzt, hoch mit dem Rüssel
und ab nach Brüssel!
Angesagt ist ein lautes Trompeten!
Die Bauern kippen uns Mist vor die Tür,
die Proleten kommen wie immer zu kurz
und glauben, das ist euch da oben schnurz!

Sollen die Kinder noch auf die Straße?
Sollen die Mädchen noch in die Schule?
Wer hat darauf eine Antwort parat?
Manche glauben's zu wissen
und fordern das Kalifat!
Hilft noch beten, den Himmel küssen?

Keiner nimmt es euch ab,
wenn ihr euch traut zu sagen:
Wir konnten's nicht ahnen,
wir konnten's nicht wissen.

Das, was sich im Brennpunkt
der Schockwellen tut,
gibt sich nicht wieder
und ist kein Sturm in der Schüssel!
Also hoch mit dem Rüssel und ab nach Brüssel!

Verwirrt

Wir haben uns heute versammelt,
um über Fallstricke zu diskutieren.
Ich muss euch, wie damals in eurer Kindheit,
über die scharfen Kanten der Welt informieren,
denn ihr fallt noch immer überdurchschnittlich oft,
unverhofft auf die Schnauze!
Wieso? Ihr seid nämlich, politisch gesehen,
komplette Banausen!

Ist das Kürzel „AfdF" noch erlaubt?

Was soll das sein?

„Alles für die Familie". Ich bin mit dem Baby zu Hause:
das dreifache K! – Kinder, Küche, Kirche.
Riecht das nicht etwa marode? Nach Gruft?
Das dreifache K ist zurzeit nun mein Leben:
sonntags zur Kirche, tagsüber Kinder und Küche.
Und du, Mutter? -
Du unterrichtest – Zitat –
„die heilige deutsche Sprache",
isst vegetarisch und liebst dein Haustier.
Welches braune Gespenst wird von dir imitiert?

Jetzt mal ironisch gemeint:
Wie lässt sich das ändern?
Wer kann mir das sagen?
Kommt die Katze ins Tierheim?
Der Beruf an den Nagel?

Oder beiße ich nun beherzt in ein Schnitzel?

Das ist nicht fair! Du machst darüber noch Witze!

Ich wusste doch immer:
Ihr seid komplette Banausen!
Dazu kommt es, wenn man die Schule schwänzt!
Man lässt den Geschichtsunterricht sausen
und im Kopf entsteht
statt eines fundierten Wissens
eine lauwarme Brause!

Dieser Teil meines Vortrags
ist für euch, Chaoten, erfreulich!
Das wisst ihr bestimmt: Ihr dürft nun kiffen!
Da ihr darauf nicht anspringt, hoffe ich sehr,
ist darauf gepfiffen!
Ich hoffe auch sehr, keiner von euch hat es vor,
zum zweiten, brandneuen Gesetz
aus Gaudi zu schielen:
Ihr dürft nämlich einmal pro Jahr
„Bäumchen, wechsle dich" spielen!
Heuer – Männchen, nächstes Jahr – Weibchen.
Wenn's doch nicht passt: zum Jahreswechsel -
wieder zurück zum Männchen.
Zur Auswahl gibt's ja nur zwei Geschlechter.
Einmal jährlich! Lasst euch dieses Gesetz
auf der Zunge zergehen!
Das gibt's nur bei uns!
Nur wir haben genug Phantasie,
um so raffiniert die Natur zu umgehen!

Wenn du das tust, Alex, so weiß ich,
du Spanner hast es auf weibliche Schutzzonen
im Fitnessklub abgesehen! -
Oder auf Schmerzensgeld,
wenn ein Fitness-Studio-Inhaber,
angesichts deiner Kronjuwelen am Body,
dein „Frau" auf Papier nicht akzeptiert.
Ihr gebt mir doch sicher Bescheid,
wenn mein Sohn zu einer Alexa mutiert?!

Vergesst nicht: Weibchen, Männchen oder divers -
wir sind anständig, römisch-katholisch
und politisch korrekt!
Nun die Faustregel –
mein Schlusswort fürs Protokoll:
Fragt nicht „Wieso?", sondern „Was...?":
Ich frage korrekt: "Was soll ich tun?"-
Wartet die Antwort ab und tut es!
Ich frage korrekt: „Was darf ich nicht tun?" -
Wartet die Antwort ab und lasst es.

Manche Dinge entbehren Rhythmus und Reim,
aber ein „Nein" in der deutschen Sprache
heißt immer noch „Nein!"

Eine Spur daneben

Das Biest

Ich fragte den Priester:
Hat ein Biest ein Gewissen?
Ich wollte es streicheln, es hat mich gebissen.
Ist Güte ein Segen und Bosheit ein Fluch?
Hat man im Himmel die saftige Aue
fürs sanfteste Lamm gebucht?
Seine Sanftmut ist zwar
gut und lobenswert edel,
doch wieso steht es da
auf dem windigen Hügel
bereits über zweitausend Jahre im Regen?

Ich sagte dem Biest:
Ich wollte dich streicheln,
und du warst so barsch und hast mich gebissen.
Ich fragte es: Hast du ein Herz?
Hast du als Biest ein Gewissen?

Das Biest war erstaunt:
Du wolltest mich streicheln?
Du weißt doch, ich bin halt ein Biest,
und das ist mein wahres Wesen.
Ich bin, was ich bin,
und du musst mir nicht schmeicheln.
Du kennst das Gesetz
und missachtest die Regeln.

Nun stehst du zu Recht
patschnass auf dem Hügel
und jammerst,
man ließe dich wieder im Regen.

Die Raupe

Die Raupe weiß, ihr wachsen bald Flügel.
Die Welt wird jauchzen:
„Oh, wie schön!
Ein Schmetterling! So herrlich bunt!"
Sie wird nun fliegen,
doch tut sie es gewiss nicht uns zuliebe.
Sie unterliegt wie alles rundherum
dem unerbittlichen Naturgesetz
und ist in dem verwandelten Gewand
nun festgesetzt.

Wär sie vielleicht doch lieber weich und biegsam
und mag das Kriechen mehr
als das ihr aufgelegte Fliegen?
Doch keiner fragt sie:
Raupe, genießt du deine Flügel?
Du bist nun jemand anders, ist es dir auch recht?"
Auch wenn sie's könnte,
gäbe es dazu gar nichts zu melden.
Sich gegen das Naturdiktat zu sträuben
wär wahrlich aussichtslos
und sicher strafbar frech!
Steckt in dem Schmetterling
trotz der Verwandlung
das Wesen einer Raupe?
Das wäre jämmerliches Pech!
Doch wissen wir das nicht,
weil sie es keinem anvertraute.

Ein lästiges Alter Ego

In einer anderen Dimension
vergieße ich womöglich Tränen,
weil alles ist, wie nie gewünscht,
weil alles kam, wie nie ersehnt.

In meinem Hier-und-Jetzt läuft alles glatt.
Ich frag mich nur,
wieso ich nachts von ungelebtem Kummer
aus meinem Traum gerissen,
auf meinem tränennassen Kissen schniefe,
als würde ich was arg vermissen.

Wieso ist nun mein neuer Teppich
verblasst und an den Rändern ganz verschlissen?
Wieso hängt meine Deko an der Wand
zehn Zentimeter tiefer?

Ich weiß doch ganz genau,
das hier ist meine Welt -
behaglich und beschaulich und vertraut.
Ich glaubte aufrichtig,
ich habe dich, mein Schatten,
aus meinem Dasein längst vergrault.

Warum erkenne ich im Spiegelbild nur dich,
mein Alter Ego?
Es bin doch ich, ich selbst,
der in den Spiegel schaut?

So war's nicht ausgemacht! -
Der Hund lässt sich nicht blicken,
der aufgebracht und heftig bellt …
Ich höre Glocken läuten,
da, wo es keine Türme gibt:
Mich traf gerade aus dem Nichts
in meiner heilen Welt
von einer unsichtbaren Faust ein Hieb!

Wieso sucht mich mein Alter Ego heim? -
Mein Ich, das mir nicht folgen wollte,
das seine eigene Entscheidung traf,
um anderswo, in einer Parallelwelt,
weit weg von mir beheimatet zu sein?
Nun tauchst du ungebeten auf,
brichst unerwartet bei mir ein,
gierst nach der einst verschmähten Welt?

Gestehe! Mangelt es auf deiner Seite
an Dingen, die man nicht erzwingt –
weder durch Streben noch für Geld?
So weich zurück! Lass deinen Hund
an deinen Zäunen bellen!
Verrate mir nur eins:
Wodurch lässt sich ein Spuk wie du verprellen?

Die Ballade vom kleinen Mann

Der kleine Mann flaniert
in einem kleinkarierten Sakko.
Er murmelt vor sich hin:
„Mir geht es gut! Mir geht es immer besser!
Und immer lächeln! Fröhlich lächeln!
Außerdem auf keinen Fall vergessen:
Immer schön die Schultern straffen,
um nicht abzusacken!!"

Durch ein winziges Fensterquadrat
blickt der Mond in die kleine Bude.
Er sinniert über große Dinge
und zeichnet dabei in der Luft
symbolische Ringe.
Er übt den Spagat zwischen „Sein und Nichtsein".
Wie heißt es noch? - Das Universum
hält für jeden geübten Empfänger
im kosmischen Lager auf Vorrat
jeden Wunschartikel parat.
Also blickt er verklärt
durch das Fensterquadrat
in die himmlischen Weiten des Alls
und murmelt immerfort vor sich hin:
„Bleib, Mann, am Ball!"

Die kosmische Bedingung lautet:
Soll es dir, Trottel, gelingen,
den Geist hoch genug zu schwingen,
dich selbst und dein Leben groß zu denken,

wird dich das Universum
dementsprechend beschenken.

Es geht in einem Großformat um mehr
als um das fragliche Glück,
ein Schnäppchen auf dem Flohmarkt zu gewinnen.
Ein kleinkariertes Weltbild ist die Schlinge!
Um sich aus ihr herauszuwinden, Mann,
bedarf es mehr als den schamanischen Versuch,
dem Universum durch die Ringe in der Luft
sein Wunschbild aufzuzwingen!

Der kleine Mann wacht auf und starrt verdutzt
hinauf zur längst vergilbten Decke:
Wem fällt es ein, mich aus dem Schlaf zu wecken?
Wer hat mich da so barsch zurechtgestutzt?
War dieser Riss da oben in der linken Ecke
zuvor schon da? War diese Stimme,
was sie sagte, was geschah, tatsächlich wahr?

Eh, du da oben! Ich habe es kapiert!
Wenn man bescheidene Gedankenmuster
ins Universum projiziert,
grinst es zurück
und liefert dir die kleinsten Brötchen,
die seine kosmische Backstube produziert.

„Wie unten, so oben", soll's heißen?
Dann ist auch die Anziehungskraft ein Gesetz?
Wir wissen, was unten passiert,
wenn jemand aus Sturheit leichtsinnig wird
und sich einem Gesetz widersetzt.

Ich bin zum Glück fünf vor zwölf aufgewacht!
Sieh mal her, du da oben: Gut gemacht!
Meine Birne ist klar und leuchtet
wie eine Lampe bei Nacht!

Der Schwarzseher

Glücklichsein – spärlich dosiert,
Zuneigung – sparsam vergeben,
die Furcht, durch Missgriff und Pannen
tief durch das Raster zu fallen!
Die Angst, sich selbst aufzugeben!

Es könnte doch sein,
wir begehen aus purem Versehen
den fatalen, berüchtigten Fehler des Lebens
und sind, noch nichts ahnend, dabei,
ferngesteuert, vom Grübeln benebelt,
durch eigene Schuld den Pfad zu verfehlen.

Im Dickicht begeben sich rastlose Seelen
auf schummrige Abwege, kurvige Wege,
sie wollen sich selbst und ihr eigenes Leben
auf ihren Streifzügen besser verstehen.

Wer vermisst ihre leiblichen Reste,
wenn sie dann in einem entfernten Kaff,
meilenweit weg vom Geschehen
namenlos aufgebahrt liegen,
mit einer Nummer an einem der Zehen,
für den Abtransport vorgesehen.
Bei Tagesanbruch wird sicher keiner
nach ihnen sehen.
Und sicher wird auch auf keinem Mist
ein Hahn nach ihnen krähen.

Zurückgespult! – Unser Furchtsamer
ist noch am Leben.
Wenn der Schlaf endlich kommt,
mutiert er zum Alptraum
und lässt den Ärmsten weiterhin beben.
Und kein Wecker vermag,
ihn durch schrilles Klingeln zu wecken!

Wäre das Lachgas, heutzutage
bei Kids auf Partys ein Hit,
auch für Schwarzseher eine Rettung?

Womöglich kann ein erzwungener Lacher
einen sich in Ängsten Verfangenen
aus dem Tiefschlaf im Schlangenloch wecken?

Visionen

Ein Mitternachtstango

Der Mitternachtstango im blauen Nebel
vertreibt den Mief aus dem stickigen Leben.
Sie darf dabei schweigen, sich wiegend bewegen,
muss mit keinem streiten und reden.
Das ist das Glück, das ist das Wahre!

Gibt es noch irgendwas zu begehren,
zu fragen, was könnte das Leben,
einem ohne lästiges Betteln bescheren?

Nein, es gibt einen Grund,
sich auf etwas zu freuen,
statt sich die Nacht zu vermiesen
und etwas, was war, zu bereuen.
Deshalb tanzt sie Tango, ohne sich zu beschweren,
ohne sich um belanglose Dinge zu scheren.

Sie tanzt sich die Trauer aus ihrem Leben,
die tristen Träume aus ihren Nächten,
damit sich kein Spuk in der Seele verfängt
und sich ihrer gewaltsam bemächtigt.

Sie zelebriert ihr Dasein als Segen,
feiert Erfolge, das Glück und das Pech
als ein kostbares Lichtspiel des Lebens.
Ist es nicht heilsam, vor allem sich selbst,
dem Schicksal, dem Himmel, dem Rest dieser Welt
alle Pannen und Nieten, Missgriff und Schlappen
generös, ohne Vorbehalt zu vergeben?

Wäre die Erde doch nicht so ein herrlicher Ort,
könnte man bei einem Mitternachtstango
sich glatt der Schwerkraft entheben
und selig entschweben!

Ups! Der Himmel beheimatet Sterne.
Verschlägt es einen weit weg in die Ferne,
würde ihm niemand folgen …
Wer mag schon ferne, einsame Wege?

Oh, der Himmel erhellt sich,
hier und da erblühen Wolken,
die bringen doch sicher Regen.

Kein Lasso für das Einhorn!

Nur im Traum sei uns Reinheit vergönnt!
Nur in einem noch unbefleckten Gewand
sind wir keusch und mit Engeln verwandt,
laut Überlieferung seiner würdig
und bereit für seinen Empfang.

Es trabt auf uns zu auf lichten Wegen:
ein Fabelwesen, durch seine Kraft
jedem Sterblichen hoch überlegen,
vertrauensvoll, zahm und zugleich verwegen.

Laut Legenden gewährt das Einhorn
nur einer Jungfrau die Ehre,
ihn einzufangen und seinen Kopf
in ihren Schoß zu betten.
Und sie denkt sich dabei:
„Wenn ich aufwache, ist er weg.
Und es gibt ringsherum wieder keinen,
dem man zutraut, die Welt zu retten!

Ich muss träumen,
dann wird er mir wiedererscheinen!
Heißt ‚immerfort träumen' - nie aufzuwachen?!"
Das erschreckt sie zutiefst und sie beginnt,
noch vor dem Aufwachen bitter zu weinen.

Wo bleibt mein Glück?

Vertrösten wir uns meistens nur mit dem,
was wir erwarten, was noch kommt?
Der Lieferdienst des Universums
hält wieder mal woanders - nicht vor deiner Tür,
bringt das Paket mit Glück
an dir vorbei - woandershin.
Du fragst dich: Wissen die da oben sicher,
wo ich bin?

Also, wo bleibt denn das Gefühl
des Glücklichseins?
Liegt da ein Missverständnis vor?
Das darf doch gar nicht wahr sein!
Es soll doch kommen, längst vorhanden sein -
als Antrieb und als Labsal für das Dasein!

Blick doch zurück! Es könnte doch
in der Vergangenheit
auf einem stillgelegten Gleis verweilen.
Das Universum hat es dir bestimmt geschickt,
es kann jedoch, warum auch immer,
noch nicht, wie einst geplant,
wunschgemäß gut und bruchsicher verpackt,
an deiner Hausschwelle landen.
Um die Steine auf deinem Weg
allesamt in Gold zu verwandeln!

Oh, überlege, es könnte doch sein,
du hast dein Glück vorausgeschickt.

Du dachtest, zu kostbar sind Glück und Freude,
um sie im alltäglichen Trott
ohne dringende Not zu vergeuden.
Konsumiert man sie sparsam in kleinen Häppchen,
dann gibt's einen Vorrat.
Man hat sie nicht aufgebraucht,
sträflich verschleudert,
was wohl wiederum zwangsläufig bedeutet,
egal wie man's nimmt,
das große Glück, gespickt mit reinster Freude,
ist einfach nicht alltagstauglich, Freunde!

Zufriedenheit und Glück sind dauernd weg,
sind abseits, irgendwo – auf einem Zukunftsblatt,
im Stau der Warteschleife? Vorüber, archiviert?
Man glaubt, man sei dabei, sie zu ergreifen,
doch währenddessen sind sie weg,
bevor noch unsereiner
davon auch nur ansatzweise profitiert.

Man strebt und sucht sein Leben lang danach:
Das Glück ist das perfekte Ziel -
es bietet den perfekten Anreiz,
immerfort weiter zu machen -
raffiniert, wie in einem spannenden Spiel.

Das fatale Finale

Lippenstift am Kragen,
fremdes Parfüm im Haar ...
Ich habe nicht vor, dich danach zu fragen,
doch du kommst und ich höre dich sagen:
„Du willst doch sicher wissen,
wo ich so lange war?"

Ich sag: "Alles Gute zum Hochzeitstag, Liebster!"
Dann hol ich zur Feier den Wein und den Braten,
der war schon vor Stunden gar.

Bemühtes Lächeln, flackernder Blick,
das leichte Beben deiner Hände.
Ich schweige, du tust so, als wolltest du reden,
doch dein schlechtes Gewissen spricht Bände.

Dein Herz ist woanders,
ich kann es nicht orten.
Du verschluckst dich
am Klang deiner eigenen Worte.
So ist es, mein Schatz, man hat nicht auf alles
einen rutschfesten Spruch parat.

Unser Leben verblutet an offener Wunde,
erstarrt und erstickt im Quadrat
zwischen gelb angestrichenen Wänden.
Ich warte vergeblich auf ein Wunder,
auf ein wahrheitsgetreues Geständnis.

War unsere Leidensgeschichte
altbacken, alltäglich, banal,
so ist ihr Finale – die letzte Sequenz -
bitterernst und durchaus fatal.

In welchem der beiden Kelche
bringt das schimmernde, edle Rot
den Abschied, die Vergeltung,
den unausweichlichen Tod?
Ich werde, ohne es zu wissen,
dich noch einmal fordernd küssen.
Wir teilten uns alles – den Wein und das Leben,
das Glück und das tägliche Brot.

Ich küss dich zum Abschied,
schmecke Schuld, Bedrängnis, Verrat.
Meine Welt verdreht sich quietschend
wie ein verrostetes Rad
innerhalb drei Sekunden
um dreihundertsechzig Grad.

Der Himmel bricht ein und verfärbt sich
in heilloses, dunkles Rot.
Auf Hochverrat gibt's die höchste Strafe - den Tod!
Es ist mein Ernst! Mein bitterer Ernst!
Wer könnte es wagen, darüber zu scherzen?
Nur der Tod beinhaltet ausreichend Tragik
und sühnt die Schuld am gebrochenen Herzen!

Hörst du die Glocken läuten, den Hund des
Nachbarn bellen?

Hörst du das Zischen, das dumpfe Beben?
Als ob ein Leben überquölle?
Gib mir die Hand, mein falscher Gefährte!
Unser Kuss schmeckte seltsam bitter?
Ein Tröpfchen Gift auf unseren Lippen
berechtigt uns beide zur Fahrt in die Hölle!

Keine Sorge, nichts davon ist geschehen!
Es war die fatale Version –
die düstere Fassung
der von mir bevorzugten Zukunftsvision!

Mein Jammer verseucht meine Träume,
braucht dringend ein plumpes, robustes Ventil!
Es drängt mich, angesichts blanker Tatsachen
den angestauten seelischen Müll,
zur Entsorgung sortiert, gründlich wegzuräumen!
Ade, vermeintlich schöne Erinnerung,
vorgetäuschte Normalität!
Servus, schäbige, durchaus verlogene,
trügerisch hübsch für mein Auge verpackte
und mittlerweile von Grund auf entlarvte,
kaum unübersehbare Realität!

Die reale Folge der wochenlangen,
nonverbalen Konversation
ist nämlich ziemlich gewöhnlich
und vollkommen banal:
Ich packe im Eilverfahren die Koffer
und bin morgen in Montréal!
Oder sonst wo, für immer weit weg …

Frühjahrsputz in der Kiste!
Wenn's zu schmutzig wird,
heißt die Lösung: Weg mit dem Schrott!
Wenn's sein muss, entrümpelt man ohne Bedauern
flott und gründlich ein halbes Leben!

Auf mich warten nun lange, gewundene Wege,
da sag ich mal allen: Lebt wohl und Ade!
Haltet die Ohren steif, liebe Freunde,
ihr liegt mir am Herzen, wie eh und je!

Der Steckbriefentwurf
„In Sachen Liebe"

1. Prolog

„Liebe Paare,
willkommen bei dem Erfahrungsaustausch
in Sachen Liebe!
Nehmen wir unser Konzept der Liebe
unter die Lupe:
die Liebe, wie wir sie leben,
wie wir sie sehen,
wie wir sie uns wünschen.
O ja! Alles lässt sich sortieren,
analysieren, definieren,
und wenn's sein muss, archivieren.
Dabei wollen wir Ihnen keinesfalls
unser Liebesmodell suggerieren,
etwas, was angeblich sein soll,
oder wie es angeblich sein soll -
statt dessen, was Sie erleben,
empfinden, wonach Sie sich sehnen.

Wir werden uns immer nur dorthin begeben,
wo unser Traumpfad verläuft,
der unserem Wesen entspricht.
Wir wollen nur wissen,
was wir uns wünschen und was nun mal ist.

Also wie, liebe Paare? - Floral, fatal,
oder nur einfach harmonisch und lieblich normal?
Anhand der Bilder auf unserer Leinwand
begeben wir uns auf Entdeckungsreisen,
um an einer Oase auf dem „Kontinent Liebe"
unser eigenes Domizil zu entdecken.
Wir wollen doch wissen,
auf welchem der paradiesischen Fleckchen
dieser romantischen Dimension
wir beheimatet sind und im Zeichen der Liebe
unsere Flagge hissen!"

*Farbenprächtige, über die Leinwand verheißungsvoll
flimmernde Bilder breiteten vor dem Publikum üppige,
zärtliche, keusche und biedere Liebesbekundungen aus.*

*Vor Aufregung bebende, vor Zärtlichkeit schmelzende
Stimmen schworen ewige, immerwährende Liebe,
beschworen den Himmel und luden die Heilig-
Gesprochenen zur Bekräftigung ihrer Schwüre in den
Zeugenstand.*

*Küsse – federleicht hingehaucht, würzig geschmatzt -
zauberten Röte über das Antlitz der zärtlich Geliebten.
Die Passion brannte sich durch die Körper hindurch zur
Seele der Angebeteten, als ginge es darum, sie zu
erbeuten und sie, bevor sie einem entwischt, kraft des
Kusses zu brandmarken.*

*Oh, oh! Wie sollte man bei dieser spektakulären
Darbietung sein eigenes bescheidenes Liebeskonzept*

auspacken und es erst recht wieder, auf Papier gebannt,
ansehnlich verpacken:
in einen Steckbrief –
„Ich, er/sie und unsere Liebe".
Diese „Hausaufgabe" scheint
ein spannendes Erlebnis zu werden!

2. „Unser Liebesmodell"

Sie: "Du bist da – an guten und schlechten Tagen.
Alles, was kommt, wird geteilt
wie das gute tägliche Brot.
Wir erwarten nicht voneinander
wahr gewordene Wunder –
keine immerwährende Freude,
kein Taumeln in wilder Ekstase
und keine Kaskade sprühender Witze.
Wenn's uns danach ist, schweigen wir uns
ganz ungezwungen und liebevoll an -
ohne den Anspruch auf Unterhaltung.
Wir feiern die kleinen Momente des Lebens
und sind unheimlich stolz aufeinander,
ohne jedes gesagte, geschwiegene Wort
fürs Protokoll ins Kerbholz zu ritzen."

Er: „Halt, mein Schatz, entsteht nicht der Eindruck,
wir wären zwei Langweiler?
Und unser Leben sei schal?
Auch für diejenigen, die sonst immer sagen:
Wir mögen's normal?
Du schreibst: Ich erwarte von dir keine Wunder.

Heißt es etwa, ich wäre dazu gar nicht fähig?
Keine sprühenden Witze?! Du magst doch Witze!
Heißt es etwa: Ja, aber leider nicht deine?
Hand aufs Herz: Was meintest du
mit Verzicht auf Ekstase?
Ich hätte schwören können,
ich höre bei unserem Liebesakt
dein Herz vor Aufregung rasen!
Das lässt sich, mein Liebling, nicht vortäuschen!
Dein Herz verrät, dass dein Körper
bei meiner Liebkosung erbebt!"

Sie: „Wow, wir sind ja der Wahnsinn!
Wir sind ja romantischer als das Traumpaar
auf der Hollywood–Leinwand …
Lass überlegen … Aus welchem Jahr?"

Er: „Ich verzichte gern auf fatale Momente:
Dreiecke, Eifersucht, Flucht
und Kampf oder Todesgefahr.
Ich rette dich, Schatz, liebend gern
bei der Akrobatik
auf der höchsten Stufe der Leiter!
Du platzierst deine Hüte
in unbekömmlichen Höhen,
und das ist eben äußerst gefährlich, leider!

Und ich entnahm dem Entwurf deines Steckbriefs
ein paar pragmatische Punkte:
Ich muss dafür sorgen, dass ich ab sofort
als romantischer Mister X -

unberechenbar, leicht mysteriös
und vor allem witzig und spritzig
mich in deine Familienchronik schleiche …

Dann wäre es, Liebling, für dich unausweichlich,
meine sinnvollsten Sprüche und Witze
für den Nachwuchs zum Beispiel,
auf den Prüfstand gebracht,
ins Kerbholz zu ritzen."

Mariechens Klage

Ich bin nur Mariechen –
ein Spatz mit zu kurzen Flügeln,
nebenan aus Versehen geboren,
bin nur kurz euch zuliebe
unbemerkt rüber geflogen.
Hättet ihr mich beim Spiel nicht entdeckt,
wäre ich kläglich auf brüchigem Teich
an diesem frostigen Morgen erfroren.

Vergebt eurem Schicksal den Patzer!
Ein Kuckucksei kullert und landet ganz weich –
Ups! - in deinem Körbchen, du albernes Weib.
„Oh, Jammer! Was hab ich verbrochen?
Wieso spielt mir mein Schicksal
diesen miesen, perfiden Streich?!"

So kam ich nun ganz aus Versehen auf die Welt,
bei Nebel und nieselndem Himmel
auf den Namen Mariechen getauft –
ein zu hastiger, kleiner Krümel.

Der Morgen war düster,
die Vorsehung kleckste mich
bei diesem nieselnden Nebel ins Leben.
Es ergab ein grobmaschiges Muster –
lauter Löcher und lose Fäden.
Und die Farben? - Verwaschen und fade.

Nein, Mariechen, das darfst du nicht sagen!
Keiner wird um sein Schicksal betrogen!
Man hat dich gesehen, du warst doch dabei,
bist als Gast aus Versehen oder jemand zuliebe
mal hin und mal her mitgeflogen.

Zu sagen, du hattest kein Ziel,
du wärst nur ein Flugbegleiter,
wäre doch schlicht und einfach gelogen!
Nein, Mariechen, das wäre nicht fair!
Ich weiß, dir schwebte was anderes vor:
eine himmelwärts ziehende Leiter,
ein vom Schicksal gezeichnetes Muster.

Du wusstest, du hattest ganz ordentlich das,
was zu tun war, getan –
du stolperst, rappelst dich auf
und stiefelst unbeirrt weiter.
Manches Schicksal ist nun mal ein Ackergaul,
ungeeignet zum Reiten.

Du sagtest, du bist nur Mariechen –
der Spatz mit zu kurzen Flügeln.
In deinen farbigen Träumen
bist du dazu berufen zu fliegen.
Dann wachst du auf und fliegst mit –
deinem eigenen Schicksal zuliebe.

Oh, du fragst, wer ich bin?
Ich sag's dir und alles ergibt einen Sinn.
Dein Leben ist kein Versehen!
Dein Los ist kein Lug und Trug!

Du hast mich im Traum gesehen.
Du fliegst deinen eigenen Flug,
und ich bin dein Flugbegleiter.

Manchmal flogen wir durch dunkle Wolken,
manchmal - meistens im Traum –
war der Himmel azurblau und heiter.
Ich bin dazu da mitzufliegen.
Du haderst mit dir,
trotzdem fliege ich mit –
unbemerkt, dir zuliebe!

Vergessener Lebensplan

Eine finstere Wolke schwemmt ein Unheil herbei,
und ich weiß, ich kann's nicht vermeiden.
Dir zuliebe vergaß ich,
wie ich dir einst im Himmel versprach,
ohne Hadern und Klagen
dein Los mitzutragen und mitzuleiden.

Ich frag mich vergeblich, wieso ich das tat.
Ich weiß nur, dass jemand mich bat,
sein Geschick auf Erden zu teilen.

Der Himmel verschwieg mir die gültige Antwort,
im Gegensatz wollte ich mich nicht fügen.

In der gähnenden Stille schlafloser Nächte
vernahm ich den Klang
sachte schwingender Flügel
und besann mich auf das, was immer noch galt -
ein Versprechen auf das von uns beiden
im Himmel besiegelte Treuevermächtnis.

Noch bevor sich der Himmel verschloss,
erlosch die Erinnerung an diesen Schwur.
Mein Gedächtnis vernebelte jegliche Spur
und die Sicht auf den Weg, der zu gehen war.

Ich sollte vergessen,
was damals vor hunderten Jahren geschah.

Ich spürte jedoch die pulsierende Kraft,
mit der mich der Himmel
im Zeichen der Liebe versah.

Im schummrigen Licht wiederkehrender Träume
steig ich ab ins Verlies brach gelegter Erinnerung.
Bilder – schattenhaft, seltsam vertraut -
tauchen auf und zerrinnen im Nichts.

Ich halte inne: Eine Tür steht offen,
nur ein einziger Schritt …
Ich muss ihn nur wagen!
Und ich kenne die Antwort auf all meine Fragen!

Ich träume mich vor
und wünsche mir gutes Gelingen.
Die Wahrheit, offengelegt und erkannt,
offenbart mir den Sinn
meiner wahren Bestimmung.

Die Welt im Konjunktiv

inspiriert von einem litauischen Gedicht
(*„Wenn's diese Bäume nicht gäbe,*
wo würden sich die Nächte verstecken?")

Wenn's diese Felder gar nicht gäbe,
wo reiften dann die Weizenähren,
das Frühstücksbrot für dich heran?

Wenn's diese Flüsse gar nicht gäbe,
wo würden sich die Wolken spiegeln?
Dann gäbe es für Fische kein Versteck,
wenn sie Versteckspiel in den Wolken spielen.

Was wäre, wenn's die Winde gar nicht gäbe?
Was würde Laken an der Leine
zu weißen Segeln blähen?
Was würde kühlend die erhitzten Wangen
sanft umwehen?
Was würde deine Schiffe auf dem Teich,
die Wasserlilien umkreisend, fortbewegen?

Was wäre, wenn es auf Erden keine Liebe gäbe?
Dann wäre ich dem Papa nie begegnet.
Dann wären wir jetzt nicht vom Himmel,
mit dir, mein Schatz, gesegnet.

Was wäre, wenn's den Garten gar nicht gäbe,
wo würde unser Apfelbaum erblühen,

wo würden dann im Sommer seine Äpfel
für dich, mein Schatz, zu Honig reifen?
Wie wäre dann die Welt ohne das Wunder
als blühende Oase zu begreifen?

Wenn's diese Bäume gar nicht gäbe,
wo würden dann die Eulen über Nacht
über den Schlaf der Kinder wachen,
wenn sie mal böse träumen?
Wer weckt sie dann mit Uhu-Rufen
und bringt sie trotz des Schrecks zum Lachen?

Wie wäre es, wenn's diesen Pfad nicht gäbe?
Wie könnte ihn der Mond dann nachts versilbern,
damit die Ameisen im Mondschein
bei Rückkehr ihren Heimweg finden?

Du siehst, mein Schatz, im Konjunktiv
ist diese Welt ganz anders.
Da gibt es Dinge, die geschehen,
obwohl es sie doch gar nicht gibt.
Verschiebt man aus Versehen ein paar Steinchen,
ist alles plötzlich anders,
und dann gerät im Mosaik, das wir dir basteln,
so gut wie alles durcheinander.

Die Vision des geretteten Mädchens

Leise, sachte, lautlos
rieselt der Schnee.
Ein Mädchen kniet nieder und bettelt um Gnade.
Jemand steht vor ihr breitbeinig,
taub für ihr Flehen,
grinst und lässt sie nicht gehen.

Ein anderer steht hinter einem
schneebedeckten, riesigen Baum
und will das hässliche Bild nicht sehen!
Das Mädchen jammert und fleht immer wieder.
Er will's auch nicht hören
und schießt den Peiniger kurzerhand nieder.

Das Mädchen ruft aus:
„Oh, Himmel, du hast mich erhört!"
Doch wo ist der Retter?
Der Ritter in goldener Rüstung?
Erstaunen, Glückwunsch, Entrüstung!

Er stampft eilig weg, weit weg vom Geschehen.
Hat ihn jemand erkannt oder je gesehen?
Er selbst, der Held der weiß-roten Saga,
verspürt nicht die Pflicht, sich selbst gegenüber
und der Welt zum Verständnis
ein klärendes Wort beizutragen.

Es gab kein Motiv, er kam in den Wald
mit der Absicht, ein Reh zu schießen.
Dann sah er das Reh, es war traumhaft schön,
viel zu schön, um getötet zu werden.
Dann sah er das kniende Mädchen
und den teuflisch grinsenden Mann.
Und sieh, er konnte ihn ohne Bedenken
kurzerhand niederschießen.

„Was gäbe es, Herr Kommissar,
wenn sie seiner habhaft wären,
daraus zu schließen?"

Was sagt das Mädchen?
„Der Himmel hat sich meiner erbarmt!
Georg, der Drachentöter persönlich
stieg herab, um mich zu retten!
Dann ritt er davon, um andere Monster
niederzuschmettern!"

Die Vision des geretteten Mädchens
war für die Presse
natürlich gefundenes Fressen!

Der angebliche Ritter saß am Kamin
und war kein bisschen entrüstet.
Er las mit Genuss von der Heldentat
und gönnte gern dem Georg –
der war auch sein Namensvetter -
die vermeintliche Wunderrettung.

Er liebkoste mit Blicken
sein blank poliertes Gewehr,
es stand, wie gehabt, in seiner Ecke.

Leise, sachte, geräuschlos rieselt der Schnee ...
Er hält inne und fragt sich: Skrupel, Zweifel?
War es etwa nicht fair?

Wär das der Fall,
so täte gewiss tief im Innern -
am Herzen,
im Bauch,
an den Nieren
etwas entsetzlich, ganz furchtbar weh!

Er blickt durch das Fenster. Es schneit.
Leise, sachte rieselt der Schnee.

Ihre Kutsche, Madame!

Einfach weg! Irgendwohin! Egal, wohin - weg!
Wird mich jemand vermissen und suchen?
Mir unbemerkt folgen? Mich finden? O Schreck!
Was soll's!
Eigentlich kümmert mich das einen Dreck!

Weg? Wohin denn? Vor allem – wovor?
Traurig wär's allerdings, sich selbst zu entfliehen!
Was bliebe dann übrig? –
Ein Abklatsch vom Glück?
Gibt's bei der Flucht vor sich selbst ein Zurück?

Nein, mit sich selbst im Gepäck
lässt sich's besser reisen!
Droht ein Zug ohne Fahrziel
unterwegs zu entgleisen?
Oder bringt ein zielloser Weg
einen doch an ein Ziel?
Oje! Lauter Fragen und Fragezeichen!

Ich gebe dem Weg keinen Namen,
der Grund: unbestimmt,
die Zukunftsvision: ein Bild ohne Rahmen …

Das ist der Plan! Nur wo ist mein Fächer?
Suchen Sie, Max!
Er liegt irgendwo, in einem meiner Gemächer!

Ich höre ein Klopfen: Beethovens Ta-ta-ta-tam!
In der Tür steht der Butler:
„Sie belieben zu reisen?
Ihre Kutsche, Madame!"

Tumult im Märchenland

Der traurige Märchenkönig

Glaubt nicht jedem Gerücht über mich -
den König im Märchenpalast.
Auf meinen royalen Schultern
lastet ein tonnenschwerer Ballast.
Im Märchenland tummeln sich Hexer,
Wichte und Drachen!
Die bösen Feen verwandeln die Widersacher
in Frösche, Mäuse und Schlangen.

Es fließt reichlich Blut!
Wie kann man bei diesem unregierbaren Laster
die blutrünstigen Märchengestalten
für ihre Missetaten belangen
und mein redliches, fleißiges Märchenvolk
jedoch nicht mit wachsendem Berg
Märchensteuer belasten?
Ich werde walten, schalten und niemals rasten,
bis im Märchenland alles, was fleucht und kreucht,
nach gestillter Blutgier fastet!

Die Klage der Märchenprinzessin

Glaubt nicht jedem Gerücht über mich -
die Prinzessin im Märchenpalast.
Ich habe kein eigenes Schicksal,
bin im eigenen Leben ein geduldeter Gast.

Meine Zukunft ist seit achtzehn Jahren
von Regeln, gemäß der Märchenstatuten,
ausgehandelt, ausbuchstabiert, festgelegt.
Es nützt nichts, dagegen zu wettern,
das festgeschriebene Los der Prinzessin
ist durch nichts in der Märchenwelt
abzuschmettern.

Meine Zukunftsvision wird rüde geschmäht,
ich werde mit einem Vertreter
des Volkes vermählt,
der den auf dem Berge thronenden Drachen erlegt
und angeblich dadurch das Königreich rettet.

Der Drache ist zahm, aber wetterempfindlich,
er brüllt nur lautstark und trommelt auf Brettern
bei Wolkentiefgang, gewittrigem Wetter.
Er schwor mir Treue und ist mir ergeben.
Ich wünschte, ich wär eine Fee
und könnte ihn nach der Enthauptung
kraft meiner Freundschaft wiederbeleben!

Ja, die Märchengesetze sind unerbittlich
und um keine Klausel verlegen,
wenn's darum geht, im Sinne der Gründungsväter
das Kerngesetz auszulegen.

Also kommen der Drache und ich, die Prinzessin,
auf den Opferaltar,
um die Gier des Volkes nach blauem Blut
gemäß Paragraph soundso zu befrieden!
Die Allianz der Krone und des Volkstribunals
besiegelt angeblich das Volksideal
und sorgt, was auch immer das heißt,
für stabilen, nachhaltigen Frieden.

Ich, die Prinzessin Frieda, soll dafür sorgen,
dass im Nachwuchs des Märchenpalasts
die Saat der vom Volke gespendeten Gene
im Gleichgewicht mit dem Blutgut der Krone
als Pfand der Gerechtigkeit aufgeht.

Im Klartext heißt es, in meinem Leib,
in meiner royalen Blutbahn
sei der Pöbel mit unserer Krone
durch gesetzlichen Coup versöhnt und vereint.
Dann bin ich geliefert! Keiner wird mich erhören
oder bereit sein, mich zu verschonen!

Was geschieht, wenn es nicht,
warum auch immer, gelingt?
Dann wird man die Prinzen klonen!

Das Gesetz verspricht, dass egal, was passiert,
nach der „Aussaat" im Märchenland
als Auftakt zum Fest eine Jubelhymne erklingt.

Der künftige Volksheld spießt mit der Mistgabel
den Staatsfeind Drachen erfolgreich auf,
gewinnt meine Hand
samt der Hälfte des Märchenlandes.
Dann wäscht mein künftiger Prinzgemahl
das Drachenblut von dem Dreizack der Gabel
und stiefelt von seinem heimischen Mist,
von dem aus der Hahn den Morgen begrüßt,
direkt auf den Thron, den der König
symbolisch mit Gülle begießt.

Gemäß der Märchenverordnung
sitze ich still und schicksalsergeben daneben
und warte,
bis sich die Duftnoten in meinem Innern,
in meinem Schoße verankern,
damit die in mich gesetzten Erwartungen
wie Efeu an meiner Seele emporranken.

Ich wusste, der Horror, der mir bevorsteht,
lässt sich durch keine Verniedlichung
wegfabulieren!
Wenn ich auf Eingebung warte und nicht agiere,
wird bald mein seidenes Nachtgewand,
aufgespießt auf der Siegesmistgabel,
im Zeichen vollzogener Allianz,
geschwenkt vom Balkon des Palasts,

für den Mob als Trophäe wehen
und die Botschaft
gelungener „Aussaat" verkünden.

Nein! Das darf nicht geschehen!
Ich muss meinen Mut und all meine Kraft
für meine eigene Rettung bündeln!

Soll ich mich etwa als Schmaus
dem Drachen zu Füßen schmeißen?
Das bringt nichts, denn der mir ergebene Drache
verzichtet aus Freundschaft darauf,
mich als Snack zu verspeisen!
Ich lasse ihn von meinem Zirkusdresseur
heimlich seit Jahren trainieren,
doch ich frag mich, was ist,
wenn die Vorkehrung doch gar nichts nützt
und die Abwehrtechnik im Zweikampf -
Drachenfeuer contra die Mistgabel -
ihn im Gefecht nicht schützt?

Ich und der Prinz
des benachbarten Märchenlandes
sind verbunden in inniger Liebe.
Wir haben gemeinsam beschlossen,
die Grenzen der Märchenunion zu passieren,
uns aus der Märchendimension
kraft eines Zaubertricks
in eine der irdischen Hemisphären
hinauszukatapultieren.

Wir haben vor, in Menschengestalt
in eure Welt zu emigrieren.
Der Palastphilosoph des Prinzen,
ihm treu ergeben,
riet uns umgehend, in einer Flüchtlingswelle
zu euch nach Deutschland zu ziehen.

Die Grimmschen Nachfolger
stehen in unserer Schuld,
denn die Gebrüder ließen
das Grauen der Märchen,
zwischen die Zeilen gepackt,
schlau verschleiern.
Sie täuschten euch, zwar aus Rücksicht,
doch ohne euch in die bittere Wahrheit
zwischen den Zeilen
gewissenhaft einzuweihen.

Wenn Sie irgendwo beim Flanieren,
in einem romantischen Winkel der Altstadt,
an einem hübschen Blumengeschäft
plötzlich halten,
um den herrlichsten Blumenstrauß zu bestaunen,
bin's womöglich tatsächlich ich,
die Prinzessin Frieda,
die ohne es herumzuposaunen,
euch freundlich lächelnd begrüßt,
während der Prinz, ihr Gemahl,
im Treibhaus die traumhafte Blumenpracht gießt.

Die Blumenfeen sind uns hold,
wir versäumten es nicht,
sie in unseren Plan einzuweihen.
Wir kennen uns gut, sie lassen daher
unser Blumengeschäft gedeihen.

Sie nennen uns immer noch aus Pietät,
wie gewohnt „Eure Majestät"
und fragen jeden Morgen, wie es uns geht.

Gut! O ja, da sind wir ganz sicher!
Das Klima in eurer Region ist allerdings etwas rau,
doch wir sind gern ganz gewöhnliche Menschen.
Und ich trage auch hier meine Kleider
am liebsten noch immer in Blau.

Die Königin des Märchenlands

Glaubt nicht jedem Gerücht
über mich, die Königin im Märchenpalast.

Eines Nachts, unter sternlosem Himmel,
gepeitscht von rauen stürmischen Winden,
sauste auf einsamen, holprigen Wegen
eine Kutsche, verfolgt von Ächzen,
Zischen, Heulen, Gewimmer,
durch den berüchtigten, von allen gefürchteten,
sich zum Angriff rüstenden Zauberwald,
von den nächtlichen Eindringlingen
dreist geweckt.
Der Wald war entsetzt und war noch dabei,
das Erstaunen über die ihm verweigerte Ehrfurcht
und die Verwegenheit
ungebetener Gäste zu überwinden.

Der Kutscher trieb die restlos erschöpften Pferde
zu den Lichtern der nahenden Grenze
des benachbarten Märchenlandes.

Der Zauberwald griff bedrohlich dröhnend
mit den Ästen zu Monstern mutierter Bäume
nach der Kutsche und den gebauschten,
im Winde wehenden Mähnen der Pferde,
die schwer schnaubend
vor Anstrengung schäumten.

„Wir haben's geschafft! Wir sind gerettet!
Und da sind schon die netten Grenzpatrouillen,
die uns zum Palast geleiten werden",
rief eine der schwarz verschleierten Frauen
und küsste, den Himmel preisend,
die Hand ihrer schweigsamen Reisegefährtin.

Der Kutscher holte tief Luft
und atmete sie geräuschvoll aus:
„Großer Himmel, das war allerhand!"
Dann sprang er noch bebend vom Kutschbock
und übergab sich am Straßenrand.

Hinter ihnen, dicht an der Grenze
rumorte zischend und heulend
der um die Beute betrogene Wald.
Von den flammenden Baumkronen abgewandt,
zog die Kutsche eilig davon:
„Weiter! Voran!
Leider gönnen wir uns noch keine Rast!"

O ja! Dies war eine Straße, gepflastert, eben,
und sie führte direkt zu dem Königspalast
eines märchenhaft glücklichen Märchenlandes!

Eine gute Stunde verstrich, bis die Wache,
bestochen mit Silber und Gold,
die zwei verschleierten schwarzen Gestalten
ins Gemach des Prinzen geleiteten.
„Was verschafft mir die Ehre Eures Besuchs, …
Majestät?!!"

Er erkannte sie staunend hinter dem Schleier
und verbeugte sich tief
vor der Königin
seines benachbarten Märchenlandes.

„Dies hier ist meine mutige, treue Zofe.
Wir haben Sie, holder Prinz, im Vertrauen
zu dieser späten Stunde, trotz des Besucherverbots
in geheimer Mission aufgesucht.
Bei diesem Gesuch geht's um Leben und Tod!"

Oh, das klingt ziemlich dringlich, sogar pathetisch,
dachte der Prinz und bat den royalen Besuch,
ihn in den Sachverhalt ihres Gesuchs einzuweihen.
In der Reihe der Königshäuser
stand sein Haus keinesfalls
im Zeichen von Tragik, Drama, Pathetik.
Sein friedliches Volk und ihn selbst
feierte man als verkörperten Frohsinn -
inspiriert, optimistisch, poetisch.

O ja! Die Ansage dieser durchaus klugen Frau
klang für sein Ohr um ein paar Frequenzen
zu tief, zu düster und zu pathetisch!
Es war deshalb äußerst schleierhaft,
aufgrund wessen Rat oder Referenzen
man ihn um Hilfe ersuchte.

„Ich muss Sie inständig bitten, Schneewittchen,
das schöne und liebliche Mädchen
vom sicheren Gifttod zu retten!"

„Gifttod?! Welcher Bösewicht droht, sie tückisch
zu töten?!"

„Ich, mein Prinz, ihr unglückseliger Gast!"

„Zusammengefasst soll es heißen,
Sie haben vor, ihren Schützling zu töten,
ich soll dagegen die dem Tode Geweihte retten?!"

Die Königin war wahrlich schön.
Doch war sie auch tatsächlich klug?
Das, was sie gerade verkündete,
war zwar kein Lug und Trug,
klang jedoch wie glatter Unfug!

„Mein Vorschlag: Sie verzichten darauf,
das arme Kind zu vergiften,
dann muss ich den Deckel vom Glassarg
nicht liften.
Sie läge nicht in dem Sarg, auf Polstern gebettet,
und ich bräucht' sie nicht zu küssen,
um sie zu retten!"

„Oh, ich wünschte mir nichts auf der Welt
mehr als das!
Doch ich bin von dem Kerngesetz
meines Märchens
dazu verdammt, das Mädchen zu töten.
Beim Gedanken an diese tückische Tat,
überzieht mein Gesicht tiefe Schamröte.
Mir blüht Jahrhunderte währende Schmach,

angeblich aus Missgunst, Neid und Bosheit
den Liebling des Märchens ermordet zu haben.
Jedes Bildnis prangert mich tausendfach an:
mein verzerrtes Gesicht, umkreist von Raben!

Bei der Weigerung meinerseits,
diese Missetat zu begehen,
soll mein Märchenland laut Prophezeiung
in einem Flammenmeer untergehen!"

„Ich soll eine Tote küssen und ehelichen?
Das gültige Kerngesetz hierzulande
ist in Bezug auf die Heirat komplett liberal,
legt meiner Vermählung jedoch
wahre Liebe zugrunde.
Ich muss also meine künftige Braut
laut Gesetz innig lieben!"

„Das trifft sich doch gut, mein holder Prinz!!
Auch Schneewittchen soll einzig allein
durch einen Liebeskuss
wieder zum Leben erwachen!
Sie werden sie lieben! Sie müssen sie lieben!"

„Bei allem Respekt, Majestät, Ihre Einstellung
zu manchen Dingen wie Liebe und Ehe
ist gewöhnungsbedürftig alternativ!"

„Hier, seht mal, das Bildnis von meinem
Schneewittchen,

ein Meisterwerk aus der Hand
des Schlossmalers unseres Landes.

Das Mädchen war eine Augenweide!!
Ihr schimmerndes Haar glich flüssiger Seide,
der edle Glanz ihrer Augen
übertraf an Leuchtkraft ihr Bernstein-Geschmeide.

Am Gemälde haftete Feenmagie!
War etwa der Schlossmaler ein Genie?
Etwas rührte sich sanft und warm im Herzen
und brachte jeglichen Zweifel zum Bersten.

Oh, die Königin wusste, das Bildnis
wird den zaudernden Prinzen bekehren!
Wie wahr! Nun war er glühenden Herzens
Schneewittchens Verehrer!

Er soll den Zauberwald überqueren?
Erst dann gewähren ihm Feen die Ehre,
den bösen Zauber durch einen Kuss
kraft der Liebesmagie umzukehren.

Er war kein Held, das hat er schon immer gewusst!
Er drückte das Bildnis an seine Brust
und war sich plötzlich
seiner Bestimmung bewusst:
Doch! Er war ein Held, denn er war nun bereit,
seine schöne künftige Braut
ihrem Tod zu entreißen!

Und er wird allen Schrecken zum Trotz
durch den Unheil verheißenden
Zauberwald reisen!

Das Finale der hübschen Mär
kennt mittlerweile jedes Kind.
Jeder kennt das glückliche Märchenende
und den von Märchenbüchern belegten Beginn.

Die Königin kam, wie erwartet,
an den Pranger der Märchenannalen
und lebte nun abgeschieden
hinter von Feen bewohnten Wäldern
in einem weißen, schmucken Schlösschen
inmitten gedeihender Buchweizenfelder.

Glaubt also nicht jedem Gerücht
von spontanen Wundern,
von verrufenen Hexen im Bußgewand
in einem von kruden Gesetzen regierten,
von der Hexenzunft schikanierten,
ach, so herrlichen Märchenland.

Ukrainische Motive

Eine Botschaft von drüben

Ja, du hast ja recht, meine trauernde Mutter,
ich war viel zu jung, um zu sterben.
Es dröhnt, man beschießt euch.
Du greifst nach dem Krug, er zerschellt.

Du weinst, doch du weinst nur um mich
und nicht um das Häufchen
scharfkantiger Scherben.
Der Rauch, den du schmeckst, war mein Kuss.
Hier auf Erden schmeckt Liebe
so bitter wie Trauer.

Doch das, was du hörst, war nicht ich.
Das war die Kanone,
vom Feind abgefeuerter Schuss.
Er hat dich auch diesmal verfehlt,
die Kugel schlug ein
und traf jemanden hinter dem Zaun.
Er hängt noch am Leben, weil er um Hilfe fleht.

Du greifst in die rußbedeckte Apfelbaumrinde,
denn hinter dem Zaun ist die Welt zu Ende -
da klafft der rauchende Schlund der Hölle.
Das Nachbarhaus sinkt,
der Ruf verstummt im Gerölle.

Hier, jenseits des Zauns gibt's nur euch,
nur euch beide -
dich und den riesigen, greisen Baum.

Sei unbesorgt, Mutter, gleich ist es so weit,
ich werde ihn grüßen und werde ihn holen.
Seine Frau hieß Marussja. Und er heißt doch Kolja?

„Wieso?! Wieso holst du denn ihn
und nicht mich?!
Du solltest doch ihn und nicht mich verschonen!!"

Nur ich, der Geist, höre deine verzweifelte Klage,
denn du klagst stumm den Himmel an.
Ich bin da, um dir beizustehen,
um Kolja nach Hause zu holen!
Auch ich weiß nicht alles und weiß nicht,
warum dich, Mutter, die Kugeln verschonen."

Du missachtest bewusst böse Omen
und läufst durch den Hagel streunender Kugeln,
als wärst du's nicht anders gewohnt,
als dem sicheren Tod entgegen zu rudern,
um der Bestimmung kraft eigenen Willens
deinen letzten Entschluss aufzuzwingen.

Nun ist es soweit, wir sind beide gefragt:
Du bettest ihn sanft in die Erde
und ich bring ihn sicher und liebevoll heim.
Ich verspreche,
dass ich eines Tages dich heimholen werde!
Ich schätze, Mutter, man braucht dich noch
dringend auf Erden.

Jeder komm zum rechten Zeitpunkt heim.
Blick nicht fragend zum Himmel:
Auf das, was geschieht,
findet nicht einmal Gott einen Reim.

Der Brief der Mutter an die Front

Mein Sohn, ich hoffe inständig,
du bist noch am Leben -
unversehrt, heil und wohlauf!
Trifft dich jedoch eine feindliche Kugel,
so gehe, mein Sohn, ohne Zögern ins Licht!
Bevor unser Schmerz dir die Seele versengt
und dir das Herz
an der Schwelle zur anderen Welt
wie ein Kanonenschuss sprengt.

Nein, das darf nicht und wird nicht geschehen!
Ich hab dich in lichtesten Träumen gesehen.
Ich sah dich: stark, entschieden und kühn.
Du küsstest mit Hingabe jeden Fleck Erde -
den entminten ukrainischen Boden,
auf dem Gänseblümchen erblühen.

Du lebst, mein Sohn, in all meinen Träumen:
Du kehrst bei strahlendem Himmel
unter den schattigen Kronen der Bäume
unversehrt, heil ins Leben zurück, zu uns heim.

Ich sehe mich selbst mit langstieligem Besen
den Ruß von der Schwelle kehren.
Da kommst du direkt auf mich zu!
Die Welt hält ein paar bange Herztakte inne.
Die Kuh Esperanza trabt dir entgegen,
ich höre in dieser berauschenden Stille
ihre Silberglöckchen bimmeln

und heule schluchzend in deinen Armen …
So stehen wir, selig vor Freude,
an unserer leicht angesengten Schwelle,
getragen auf sonnendurchfluteten Wellen.

Dann wach ich auf –
auf meinem feuchtwarmen Kissen,
ohne den Tag, die Minute,
die hauchdünne Spur der Sekunde
bis zum Glück deiner Rückkehr zu wissen …
Meine Träume, mein Herz,
gehen stets in Erfüllung!
Warum sollte es diesmal denn anders sein?

Alle Zeichen stehen auf Sieg und Frieden,
wir können es nur
an dem rußüberzogenen Himmel nicht sehen.
Unsere Welt ist vermint
und blutet an offener Wunde!
Ein Frieden scheint unerreichbar,
es fällt uns schwer, an Wunder zu glauben,
wenn die Nachrichten von der Front
uns schlicht und einfach den Atem rauben.

Wir beschwören ein Wunder,
zaghaft erschaudernd,
als würden wir uns davor fürchten,
vergeblich daran zu glauben.

Wir stampfen die Ernte in große Fässer.
Bei deiner Rückkehr gibt's Sauerkraut.

Das Wetter wechselt von Hitze zu Nässe …
Deine Kleine ist in ein paar Jahren
eine strahlend hübsche Braut.
Ich flechte ihr jeden Morgen
Hoffnung in ihre nussbraunen Zöpfe.
Ich glaube, dass sie in der Tat beginnt,
von Tag zu Tag mehr Hoffnung zu schöpfen.
Und sie glaubt, mein Sohn, allmählich an Glück:
„Papa kommt eines Tages zurück,
und wir beide werden auf meiner Hochzeit
den Papa-Tochter-Walzer tanzen."

Sei herzlich umarmt von deiner Mutter,
deiner Frau und deiner Tochter!
Und ein herzliches Muh von der Kuh Esperanza.

Die Chemie des verschmähten Hochmuts

Überhört, übersehen,
ungenügend vom Westen beachtet?
Zu klein in den Augen verhasster Betrachter?
Zu mickrig von Wuchs, vom Anhang des Leibes,
vom Hinternabdruck auf goldener Scheibe -
der Karte des Weltgeschehens?
Von den führenden Machern der Weltgeschichte
ausgeschlossen und übersehen?

Nun wird im Westen, wie gewohnt, spekuliert,
man tut's im Konjunktiv, denn das tut man,
wenn man bei hohem Einsatz
das gottverdammte Spiel letztendlich verliert.
Oh, hätte man dem ungekrönten Zaren,
als es drauf ankam, rechtzeitig gehuldigt,
so bliebe ihm die Welt
kein Schulterklopfen schuldig!

Hätten wir den Bären nur am Ohr gekrault,
so läge nicht ein ganzes Land
in Schutt und Asche!!
Wir hörten sein Gebrüll. Wie hieß es noch?
Wie übersetzt man „Ukraina nascha"?

O nein, wir wähnten uns in Sicherheit.
Wir haben's nicht geglaubt!!
Oh, hätten wir ihn doch hofiert
und kumpelhaft am Ohr gekrault!

Papa, wir sind noch am Leben

Papa, ich weiß, du bist an der Front,
kämpfst mutig gegen den Feind.
Mama sagt, du bist ein Held,
und alle Soldaten sind Helden.
Ich bin ja so stolz auf dich, Papa.
Du kämpfst für uns an der Front!
Dann bist du noch mutiger
als der echte James Bond!

Ich schreib dir und hoffe,
mein Brief kommt gut an.
Du willst sicher wissen,
dass wir noch am Leben sind -
weder verletzt, noch taub oder blind!

Tante Maya ist tot – die Nachbarin von nebenan.
Eine Bombe schlug ein.
Sie war gerade dabei,
die ukrainische Flagge zu hissen.
Sie sang dabei und konnte nicht wissen,
in drei Sekunden sei ihr Leben vorbei.
Mama sagt, sie war so gut
und kommt bestimmt in den Himmel.
Heute Nacht träumte ich,
sie reitet in ihrem hellblauen Kleid
himmelwärts auf ihrem geliebten Schimmel,
und eine riesige weiße Feder
wiegt auf ihrem breitkrempigen Hut.

Ihr Mund bewegt sich,
doch ich kann zu meinem Bedauern nicht hören,
was sie ruft.

Du kennst doch Vera,
sie bäckt im Viertel das beste Brot.
Ich muss dir, Papa, leider berichten:
Ihr Baby Mischa ist auch tot.
Es schlief im Garten,
im Schatten der Bäume im Gras,
da schlug die zweite Bombe ein.
Seitdem blickt Vera durch jeden hindurch,
ihre Augen sind jetzt wie die meiner Puppe –
aus grünem Glas.
Ihr Klagelied klingt durch die Nacht,
weckt die schlafenden Nachbarhunde.
Wenn sie bei Vollmond wie ein Wolfsrudel jaulen,
lassen sie alle ringsum erschaudern.

Vor dem Schlafengehen faltet Mama die Hände
und fleht meinen Schutzengel an,
dass er in solcher gespenstischen Nacht
unentwegt über mich, ihre Kleine,
achtsamen Auges wacht.

Unsere Kuh heißt nun stolz Esperanza,
„Hoffnung" in unserer Sprache ist ja vergeben:
So heißt doch die Nachbarin – Tante Nadeschda.
Oma pflegt stets zu sagen: „Hoffnung ist alles!".
Die Kuh scheint
den klangvollen Namen zu mögen,

wenn man sie ruft,
blickt sie würdevoll hoch und muht.

„Sieh, ihre Augen spiegeln den Himmel
und werden dann zunehmend blau.
Ihre Milch schmeckt nach Honig
und duftet nach Hoffnung …"
Oma sagt neuerdings ganz seltsame Dinge,
ich werde manchmal aus ihr nicht schlau.

Es geschah allerdings auch ein wahres Wunder,
es ist seit Tagen in aller Munde.
Mein weißes Kaninchen
war mir entwischt - o Schreck! -
hüpfte quer übers Minenfeld
und kam unversehrt, heil nach Hause,
zu mir zurück!
War's ein Zaubertrick, Vorsehung
oder nur Glück?

Nun weißt du, Papa, wir sind noch am Leben.
Ich glaube fest, du kehrst bald heim!
Noch bevor nach der Schneeschmelze
auf unserer Wiese
der prächtige Blumenteppich keimt.
Es kommt der Tag, an dem sich, laut Oma,
alles im Zeichen von Liebe und Frieden
wie zuvor aufeinander reimt.

Dann muss sich keiner
vor feindlichen Bomben

in Kellern und Bunkern verschanzen.
Dann bist du wohlauf, wirst wieder mit uns
auf unseren Hochzeiten tanzen!

Pass gut auf dich auf!

Deine Tochter, Oma und Mama,
und die Familienkuh Esperanza

Requiem

Die Schlacht wird gewonnen,
aber du, Soldat, wirst es nicht mehr erleben.
Dein Kampf ist beendet, die Pflicht ist getan,
du hast die Mission mit Bravour erledigt.

Verminte Felder werden entmint
und werden im Frühling erblühen,
die Sterne werden dem Tageslicht weichen
und werden im Himmel verglühen.

In den zerbeulten Helmen der Helden
wird in Tränen getränktes
Vergissmeinnicht sprießen.
Die Trauer um die gefallenen Kämpfer
wird sich in tausenden Klängen der Wehmut
in ukrainische Klagelieder ergießen.
Jahrhunderte werden
ukrainische Steppen umwehen,
die Heldensagen über den Mut
der heimattreuen Soldaten
werden an Kinder und Kindeskinder,
in Ehre gehalten, weitergegeben.

Eure Mütter, Witwen und Töchter
werden den Schatz eurer Träume bewahren,
ihn in edelsten Mustern
in ukrainische Tücher weben.

Eure Zukunftsvision wird im Gedächtnis
der Nachwelt weiterbestehen.
Das Bekenntnis zur Freiheit,
wird als euer Vermächtnis
am Wallfahrtsort eurer trauernden Waisen
in goldenen Lettern in Stein gemeißelt.

Dein verwüstetes Land, dein gebeuteltes Volk
werden den Krieg überstehen.
Du, Soldat, empfange den Segen
für die Reise ins ewige Licht,
in die Ursprungsheimat unserer Seelen!

Eure Nachfahren werden in Ehrfurcht
vor euren Gräbern die Fahnen senken.
Völker verfassen elegische Oden
an die heilenden Wunden im Antlitz der Erde.
Wir besingen die Wunder der Heldentaten
der kühnen, geliebten Soldaten.

Die Worte „Die Ehre gebührt den Helden"
überdauern Epochen und werden
in den Annalen der Weltgeschichte
als eure Strophe
in Chorälen und Hymnen
fortbestehen und gelten.

Tante Frosia an Wowka

Nein, ich hab's nicht vergessen!
Dein Hintern verfing sich in unserem Zaun.
Damals klautest du Nachbarn die Äpfel.
Heute gierst du nach etwas im großen Format
und beanspruchst für dich den gesamten Raum.

Damals ließ dein geflickter Hintern
die Hunde der Nachbarn kläffen.
Heute lässt sich dein eigenes Volk
von dem Schmalz deiner Reden bluffen!
Auch diejenigen, die sonst nicht blöd sind,
hast du seltsamerweise im Griff.
Es genügt seitens Wowka Putka
ein einziger schriller Pfiff,
und sie folgen dir hörig
nach einem Schluck Wodka
und morden für dich bis zum eigenen Tod.

Du missachtest beflissen den Aufschrei -
die ganze Welt sieht rot!

Damals zielte Großvaters Schrotflinte
auf ein paar Flicken an unserem Zaun.
Das Leben bot uns den Hintern
des künftigen Möchte-gern-Zaren
als Zielscheibe an einem Apfelbaum!

Nun bist du der Alptraum gesamter Menschheit!
Dein Hintern, als Schandfleck gebrandmarkt,

hinterlässt einen blutigen Abdruck
auf der Weltkarte des Planeten.
Dein geknechtetes Volk hängt, wie gebannt,
voller Ehrfurcht an deinen Lippen
und lauscht hörig
dem Wort des falschen Propheten.

Großpapa, - Gott hab dich selig -
er hing doch zappelnd an deinem Zaun! -
Beim Raubzug erwischt auf fremdem Boden
an deinem Apfelbaum!
Du hast ihn verschont, hast nicht abgedrückt!
Wer konnte die Folgen damals erahnen?
Heute hisst der Feind vor unserem Fenster
seine blutverschmierten Fahnen!
Die Kugel trifft jeden, der es versucht,
sie bei Tag oder Nacht von den Stangen zu reißen.
Wir sind Geiseln im eigenen Heim!
Großpapa, du ließest ihn gehen,
du hattest ihn doch am Haken
und kassiertest ihn damals nicht ein!

Deine Tat, Großpapa, war gottgefällig,
doch rückblickend gibt's darauf keinen Reim!
Du hast damals, Gott hab dich selig,
den Schicksalswink übersehen!

Darüber zu grübeln
macht einen nur völlig verrückt!
Weiltest du noch unter uns,
könnte ich eh nicht sagen:

„Opa, dreh mal die Zeit zurück!"
Und was bringt es, wenn wir im Nachhinein
uns vergeblich deswegen geißeln?
Seltsamerweise macht uns das auch
keinen Deut weiser.

Danksagung

Mein besonderer Dank gilt meiner Lektorin Isolde Schneider für die sprachliche und inhaltliche Beratung und Annett Tschiedel für die Gestaltung des Layouts, ohne deren Geduld und Sachverstand dieses Buch nie zustande gekommen wäre.

Zeitfracht Medien GmbH
Ferdinand-Jühlke-Straße 7
99095 Erfurt, Deutschland
produktsicherheit@kolibri360.de